LA

BONNE NOUVELLE

OU

L'HEUREUSE JOURNÉE,

COMÉDIE-VAUDEVILLE EN UN ACTE.

Cette pièce a été représentée, pour la première fois, sur le Grand Théâtre de Nantes, le 17 Mai 1814, sous la direction de M.r *Arnaud.*

La précipitation avec laquelle cette brochure a été imprimée, et les changements qu'a exigés la mise en scène, ont accasionné les fautes suivantes, que le lecteur est prié de corriger sur son exemplaire.

Lisez ainsi le cinquième vers du couplet placé au bas de la page 38 :

En vain encor *l'airain* tonne,

Au lieu de

En vain encor *l'air en* tonne.

Page 40, quatorzième ligne, aulieu de VARLET, lisez PRUDENT FILS.

LA
BONNE NOUVELLE
OU
L'HEUREUSE JOURNÉE,

COMÉDIE-VAUDEVILLE EN UN ACTE,

Faite, à l'occasion de la Paix générale,

par V.or Mangin père.

AVEC LA MUSIQUE DE SIX AIRS.

Pax cum Rege redit, nectamus lilia myrtis.

A NANTES,
DE L'IMPRIMERIE DE VICTOR MANGIN.

MAI 1814.

PERSONNAGES.	ACTEURS.
FRANCHET PÈRE, Négociant, Armateur de Granville, et ancien Capitaine de navire...........	*Messieurs* LEFEVRE.
FRANCHET FILS, Capitaine du corsaire l'*Heureuse-Nouvelle*......	SIGNOL.
PRUDENT PÈRE, Négociant, ami de FRANCHET père....................	LECOUVREUR.
PRUDENT FILS, Avocat, amoureux de ROSALIE......................	FONT. LESCOT
VARLET, jeune homme élevé par FRANCHET père, second Capitaine du corsaire l'*Heureuse-Nouvelle*, amoureux de ROSALIE..............	JAUBERT.
COURVAL, jeune homme à la mode, amoureux de ROSALIE.....	JOSEPH.
NOVELMANN, Usurier, se disant Négociant, prétendant à la main de ROSALIE...........................	AUGUSTE.
ROSALIE, fille de FRANCHET père.	Mlle PIERSON.
Un Matelot, personnage muet.	

La Scène est à Granville, dans un salon de FRANCHET père.

CARACTÈRE
DE CHAQUE PERSONNAGE.

FRANCHET père, riche Négociant, âgé de 60 ans, mais encore très-bien portant ; il doit avoir beaucoup de vivacité, de franchise et de gaieté. Son costume doit être simple et conforme à son âge, sans être trop antique.

FRANCHET fils, jeune homme de 30 ans, beau caractère de marin : son costume doit être celui d'un capitaine de corsaire, à bord même.

ROSALIE, de l'ingénuité, mais point de simplicité ; 17 ans ; mise conforme à la fortune de son père.

PRUDENT père, vieillard un peu plus âgé que FRANCHET père ; de la finesse, mais de la bonhomie ; mise dans le genre de celle de FRANCHET père.

PRUDENT fils, jeune homme de 25 ans ; du bon ton, un extérieur raisonnable, et cependant de l'aisance et des graces ; habillé en noir, mais très-proprement.

VARLET, jeune Marin, de bonne tournure ; il doit être proprement mis, quoique l'on doive bien s'appercevoir qu'il sort du bord.

COURVAL, jeune homme de 22 ans, étourdi, léger, un peu fat; enfin jeune homme à la mode, mis comme le peint PRUDENT père, page 47.

NOVELMANN, homme de 40 ans, se disant banquier, mais ce n'est qu'un prêteur à la petite semaine: il est très-lent dans tout ce qu'il fait et dans tout ce qu'il dit; son caractère doit contraster, en tout, avec celui de FRANCHET père. Son costume doit répondre à son âge, à son état, et à son caractère lent, pesant, original et pédant.

LE MATELOT doit être mis selon son état, et un peu en désordre, puisqu'il sort de faire une longue route à franc étrier.

NOTA. — *L'acteur nommé le premier doit être placé à la gauche des spectateurs, et ainsi de suite.*

Cette petite pièce était destinée à être jouée il y a environ trois semaines ; mais le renouvellement de l'année théâtrale, les débuts, les pièces nouvelles à monter, le retard de quelques sujets nouveaux dont deux ne sont pas encore arrivés, tout cela a mis M. Arnaud dans la nécessité de reculer jusqu'à ce jour la mise en scène de cette bluette ; et, dépouillée de l'intérêt de la nouveauté, quel mérite pouvait-elle avoir ? que lui restait-il pour la soutenir ? quelques couplets, et le jeu des acteurs. Si elle a du succès, c'est donc principalement aux acteurs que j'en serai redevable.

Mais alors, me dira-t-on, pourquoi l'imprimer ? Quelques amis m'y ont engagé, et je me suis laissé séduire, par la facilité que j'ai de le faire. J'ai là mes ouvriers, tout prêts dans mon atelier ; j'ai le papier dans mes rayons : il semble qu'on ne débourse rien, et voilà comme on s'éblouit soi-même.

Au reste, les uns manifestent par de brillantes illuminations leur joie d'un événement qui fait cesser tout-à-coup les maux de l'humanité, les autres par des fêtes; quant à moi, je fais comme *Novelmann*, je célèbre la paix *à ma manière*.

Nantes, ce 13 mai 1814.

Vu et approuvé par l'Inspecteur de la Librairie,

J. Walsh.

Nantes, le 14 mai 1814.

LA BONNE NOUVELLE OU L'HEUREUSE JOURNÉE.

Scene premiere.

ROSALIE, PRUDENT FILS.

ROSALIE.

Vous me suivez en vain, monsieur, je ne veux rien vous répondre.

PRUDENT FILS.

Depuis que je vous aime, depuis que je vous le dis, je n'ai pu obtenir de vous aucun aveu; cependant vous êtes chaque jour remarquée, recherchée même par de nouveaux prétendants. Cela n'est pas étonnant, vous embellissez tous les jours, et............

ROSALIE (*l'interrompant.*)

Et l'on sait que mon père est riche ; n'est-ce pas cela que vous voulez dire ?

PRUDENT FILS.

Non assurément : je n'y ai jamais pensé. Mon état ne suffira-t-il pas à nos besoins ? Je me suis attaché au barreau ; avec de l'étude, du travail, et aidé de votre économie, je suis toujours certain de vivre honorablement ; si je puis acquérir l'estime et la considération des juges.

ROSALIE.

L'estime publique ! ne l'avez-vous pas déjà ? j'entends tout le monde dire du bien de vous. Mais de l'étude, du travail ! tout cela ne suffit pas ; il vous faut aussi du talent ?

PRUDENT FILS.

Vous m'embarrassez !

ROSALIE.

Vous faites le modeste ! Vous savez bien que vous en avez.

PRUDENT FILS.

On ne peut pas ignorer tout-à-fait ces choses là... Mais (*vivement*) ne craignez-vous pas de dire trop de bien de moi ?...... en ma présence.

Ariette dialoguée.

Air du roudeau de MAISON A VENDRE: *Fiez-vous*, &c.

ROSALIE. Quel serait l'intérêt de cacher ce qu'on pense!
PRUDENT. Pourquoi donc à Prudent le cacher en ce jour?
ROSALIE. Je le dis, vous avez et talents et prudence.
PRUDENT. Vous avez des attraits, et moi j'ai de l'amour.

ROSALIE............ M'allez vous donc encore
Parler de vos amours?
PRUDENT........... Sans doute je vous adore,
Sans doute je vous adore.
ROSALIE............ Vous le répétez toujours,
Vous le dites toujours,
Toujours, toujours. (*Bis.*)
PRUDENT....... Ah! plaise à Dieu que je le puisse.
ROSALIE................ Mais vous rendre justice
M'était bien doux:
Je le répète, on dit du bien de vous.

PRUDENT. Quel est donc l'intérêt de cacher ce qu'on pense!
ROSALIE. Je l'ai dit, vous devez réussir au palais.
PRUDENT. Mais aurai-je de vous le prix de ma constance?
ROSALIE. Je l'ai dit, vos talents méritent des succès.

PRUDENT FILS.

(*A part*). Charmante ingénuité! (*A Rosalie.*) Si c'était le commencement d'un aveu?

ROSALIE.

Vous m'y faites penser!..... Mais n'allez pas vous aviser de le croire! D'ailleurs quel est votre caractère? Ce n'est point par là que vous brillez....... (*en baissant les yeux*), du moins aux yeux de mon père.

PRUDENT FILS.

Oui, monsieur votre père, vif encore à son âge, autant qu'il soit possible de l'être à vingt ans, ne juge avec avantage, au premier coup d'œil, que ceux qu'il croit l'être autant que lui. Mais, Rosalie, ce n'est qu'avec vous que j'ose paraître tel que je suis. Par état, je dois m'efforcer d'être grave, de m'y accoutumer dans la société; et M.r Franchet lui-même, s'il me voyait habituellement l'air évaporé, serait le premier à me dire, avec cette belle franchise que vous lui connaissez : tu ne seras jamais qu'un mauvais avocat.

AIR : *Rien, tendre amour, ne résiste à tes charmes.*

Au gré du sort et de sa destinée
Le sage doit diriger ses penchants;
Suivre Thémis était ma destinée,
A mes devoirs je forme mes penchants.

Mais pour l'hymen, à notre destinée
L'amour devrait accorder nos penchants;
Lors, votre main me serait destinée,
Vous oseriez approuver mes penchants.

ROSALIE.

Dites tout ce que vous voudrez; mais quand j'aurais pour vous les mêmes sentiments que vous prétendez qui vous animent......

PRUDENT FILS.

Que je prétends !.....

ROSALIE.

Vous ne pourriez jamais m'obtenir que de l'aveu de mon père.

AIR: *L'amour ainsi qu'la nature* (de Fanchon.)

Par lui seul j'agis, je pense;
Sans mère dès mon enfance,
Mon père eut seul tous mes vœux;
Je ne vois que par ses yeux:
A lui soumettre empressée
Tous projets et tout desir,
Je n'ai pas une pensée
Qu'il n'en résulte un plaisir. (*Bis.*)

Je dépends de lui, je suis heureuse d'en dépendre; et, si vous voulez que je m'explique, efforcez-vous de lui plaire. (*Elle veut sortir, Prudent la retient.*)

PRUDENT FILS.

C'est tout mon desir.

AIR : *C'est un moment.* (Noté n.° 1, à la fin de cette brochure.)

A mon desir
Ne puis-je satisfaire!
Il est bien pur cependant ce desir:
Votre bonheur serait ma seule affaire,
Le sien serait mon unique plaisir;
Comment peut donc s'opposer votre père
A mon desir? (*Bis.*)

C'est le desir
Qui soutient l'espérance,
Et l'espérance anime le desir :
Entre les deux, souvent, l'ame balance
La vie entière, attendant le plaisir;
Il a beau fuir, je garde l'espérance
Et le desir. (*Bis.*)

Mais au point où en sont les choses.......

ROSALIE.

Que voulez-vous dire ?

PRUDENT FILS.

Vous savez que, depuis quelques jours, il a déclaré qu'il voulait vous établir, parce qu'il commence à vieillir ; et qu'il veut vous rendre heureuse de son vivant.

ROSALIE.

Manque-t-il quelque chose à mon bonheur ?

PRUDENT FILS.

Il y manquerait quelque chose, si vous pensiez comme moi.

ROSALIE.

Ce n'est pas là ce que vous disiez.

PRUDENT FILS.

Oui, je voulais vous rappeller qu'il a réservé votre main pour celui qui lui apporterait la meilleure nouvelle dans la quinzaine : quelle idée bizarre !

ROSALIE.

Il a dit cela dans un moment d'impatience, parce qu'il ne reçoit aucune nouvelle de ses trois fils. Vous le savez ; l'aîné est en mer, il commande le corsaire de mon père l'*Heureuse-Nouvelle*, et l'on n'a pas encore entendu parler de lui. Le second est prisonnier à la Jamaïque : le troisième, Prosper, était à la malheureuse campagne de Russie. Et votre père...... ne fait rien, ne dit rien ; où est-il maintenant ?

PRUDENT FILS.

Je l'ignore. Il est parti il y a quelque temps, sans me dire où il allait ; il n'a point écrit depuis son départ, mais je suis sans inquiétude ; car je sais que c'est ainsi qu'il agit, quand il médite quelque chose d'avantageux pour moi. Comme j'ai dessein de m'établir à Rennes, peut-être est-il allé préparer les voies ! visiter les juges ! m'arrêter un appartement ! le meubler ! Je suis assuré qu'il a pris cette route...... Et vous ne savez absolument rien du sort de vos frères ?

ROSALIE (*tristement.*)

Hélas ! non.

PRUDENT FILS.

Vous m'en voyez pénétré de douleur.

Scene deuxieme.

ROSALIE, FRANCHET PÈRE, PRUDENT FILS.

FRANCHET PÈRE.

Monsieur, je vous trouve toujours avec ma fille; que prétendez-vous?

PRUDENT FILS.

Faire son bonheur, monsieur, si vous voulez bien y consentir.

FRANCHET PÈRE.

Non, monsieur, vous êtes froid comme marbre, vous me feriez mourir d'impatience.

AIR : *Charmantes fleurs*, &c.

Je veux avoir un bon vivant pour gendre,
Que mes enfants soient mes meilleurs amis;
Et l'homme triste en vain voudrait prétendre
A devenir même un de mes commis. (*Bis.*)

Je reconnais un ami véritable
A l'air ouvert, au ton franc et joyeux;
Je le crois tel, s'il est gai, vif, affable,
Et si son âme est peinte dans ses yeux. (*Bis.*)

La vérité, quand il faut qu'il la dise,
De l'avocat sert peu les intérêts;
Et s'il plaidait avec trop de franchise,
Assez souvent il perdrait son procès. (*Bis.*)

PRUDENT FILS.

Monsieur, jugez mon âme et non pas les apparences.

FRANCHET PÈRE.

Monsieur, je ne vois point votre âme, je vous juge par vos dehors, et vous n'êtes, à mon gré, ni vif, ni franc.

PRUDENT FILS.

AIR: *Charmantes fleurs*, &c.

Faudrait-il donc que j'allasse à la ronde
A tout venant dire la vérité?
Non, au palais ainsi que dans le monde,
Un peu d'art sied même à la probité. (*Bis.*)

Mais avec vous, je crois être en famille,
J'agis, je parle avec sincérité:
Et quand je dis: j'adore votre fille,
Soyez en sûr, je dis la vérité. (*Bis.*)

FRANCHET PÈRE (*lui tournant le dos.*)

Rosalie, as-tu ouï dire qu'il soit arrivé des nouvelles?

(*Prudent sort, en faisant par signe un triste adieu à Rosalie qui lui témoigne beaucoup d'interêt; Prudent le remarque, et fait connaître combien il s'en félicite; Rosalie cherche à le céler.*)

Scene troisieme.

ROSALIE, FRANCHET PÈRE.

ROSALIE.

Que voulez-vous? je ne lis point les journaux; et je ne vois personne qui puisse m'apprendre des nouvelles.

FRANCHET PÈRE.

Sans doute: Prudent ne te parle guères de tes frères; il ne s'intéresse qu'à toi dans toute la famille.

ROSALIE.

Combien vous vous trompez, mon père!

AIR: *Lorsque dans une tour obscure.*

Quand il me parle avec tendresse,
Et de vous avec intérêt;
De mes frères avec tristesse,
Parce qu'il en est inquiet;
Pouvez-vous dire à votre fille
Qu'il est peut digne de sa foi,
Et que dans toute la famille,
Il ne s'intéresse qu'à moi? (*Bis.*)

FRANCHET PÈRE.

Bah! bah! tu le vois avec des yeux prévenus, parce qu'il t'aime: et témoigner de l'amour à une femme, c'est déjà flatter sa vanité : que de passions ont commencé par là !

ROSALIE.

AIR : *Lorsque dans une tour obscure.*

Hélas ! je sais à peine encore
Ce que c'est que d'être flatté ;
Peut-être même je l'ignore ;
Comment en tirer vanité ?
Mais si j'en juge par moi-même,
Pour moi c'est clair comme le jour ;
On ne flatte pas ce qu'on aime,
Et qui flatte n'a pas d'amour. (*Bis.*)

FRANCHET PÈRE.

Ne me parlez pas de lui, vous me donneriez la fièvre.

Scene quatrieme.

ROSALIE, COURVAL, FRANCHET PÈRE.

FRANCHET PÈRE.

Voilà un jeune homme qui me plaît au moins : son père était mon meilleur ami : nous avions projeté de resserrer encore entre nous les nœuds de notre ancienne amitié par le mariage de nos enfants : et puis il n'a pas l'air d'un endormi. Il est léger comme un aviso.

COURVAL. (*Il entre en fredonnant, mais vivement.*)

Monsieur, j'accours... Mademoiselle, pardonnez, je n'avais pas l'honneur de vous voir.....

FRANCHET PÈRE.

Qu'avez-vous donc de si pressé à me dire ?

COURVAL (*s'essuyant la figure.*)

Monsieur, j'ai une lettre d'Odessa à vous communiquer.

FRANCHET PÈRE.

Odessa ! Mais il me semble que c'est à l'embouchure du Niester dans la Mer Noire ! Quel intérêt peut-elle avoir pour moi ?

COURVAL.

Plus que vous ne croyez ; elle me parle de votre Benjamin.

FRANCHET PÈRE (*vivement.*)

Prosper ! est-il vivant ?

COURVAL.

Oui, Monsieur.

FRANCHET PÈRE (*l'embrassant une fois.*)

Il faut que je vous embrasse pour votre bonne nouvelle. (*A sa fille*). Ne t'ai-je pas dit qu'il est vif et aimable.

ROSALIE.

Mon père, laissez donc parler Monsieur.

COURVAL.

Voici la lettre ; elle est d'un capitaine de mes amis : « Je ne sais si la présente vous parviendra, « c'est la dixième lettre que je vous écris, et Prosper « en a écrit au moins autant à sa famille. Nous « sommes ici et dans les environs dix mille français « prisonniers de guerre, tous aussi heureux qu'on « peut l'être éloigné de sa patrie. Nous avons « sur-tout beaucoup à nous louer des anciens gé- « néraux français au service de Russie : ils ont fait « distribuer des secours, et ils ont avancé des « fonds à tous les français qui se sont fait connaître « avantageusement. Malgré les combats les plus « meurtriers, et l'âpreté du climat, je n'ai été « ni blessé, ni malade. Prosper Franchet, jeune « homme charmant.......

FRANCHET PÈRE (*l'interrompant.*)

Charmant, il a raison!.....

COURVAL (*continuant de lire.*)

« Prosper Franchet, fils d'un ancien capitaine « de navire, et mon intime ami, a reçu une « blessure........

ROSALIE et FRANCHET PÈRE (*l'interrompant*)

Oh ciel!

FRANCHET PÈRE

Voilà votre bonne nouvelle, Monsieur! Vous n'aviez pas besoin de tant vous presser pour nous l'apprendre.

COURVAL.

Calmez-vous et daignez m'écouter......... (*Il continue de lire*) : « Mais cette blessure n'est pas « dangereuse, il ne faut que du temps pour la « guérir, du reste il se porte bien..........

ROSALIE et FRANCHET PÈRE.

Ah! je respire.

COURVAL (*lisant toujours.*)

« Il l'a reçue sur le champ de bataille, dans une « action d'éclat qui lui a valu le grade de lieutenant « et la décoration......

FRANCHET PÈRE (*avec joie.*)

Le brave garçon! Allons, vive Monsieur le Chevalier!

COURVAL. (*Il lit à voix basse et sans prononcer.*)

Le reste ne regarde que moi. (*A Rosalie.*) Mademoiselle, vous connaissez mes sentimens et la promesse de votre père, sans doute me voilà votre époux.

AIR : *Sans dépit, sans légèreté.* (Noté n.° 2, à la fin de cette brochure.)

Sans dépit, sans légèreté
Je quitte une charmante vie ;

Regrette-t-on sa liberté,
Alors qu'on vous la sacrifie ?

Si je vois encor dans ces lieux
Des rivaux m'envier vos charmes,
Au moins je lirai dans vos yeux
Que je puis être sans alarmes.

Sans dépit, &c.

FRANCHET PÈRE.

Mon ami, ne chantez pas victoire avant de la remporter ; mais je prends date de votre bonne nouvelle, et nous verrons. En attendant, tâchez de gagner l'amitié de ma fille.

COURVAL.

De l'amitié ?......

FRANCHET PÈRE.

Oui, Monsieur, de l'amitié !

AIR : de la cavatine du *Bouffe et le Tailleur.*

Amitié, douce flâme,
Nœud saint,
Ton culte dans notre âme
est peint :
Partout il civilise
Nos mœurs ;
Partout il électrise
Nos cœurs. } *Ter.*

Homme haîneux, vers elle
Reviens,
Toi qui te passes d'elle,
Conviens
Que si l'on est sans elle
Heureux,
On peut être avec elle
Bien mieux. } *Ter.*

Toi qui dans l'apathie
T'endors,
Lors que de cette vie
Tu sors,
Quel que soit ton mérite,
Va ! meurs;
L'indifférent n'excite
Nuls pleurs. } *Ter.*

COURVAL.

C'est charmant! c'est charmant! Mais pourtant, de l'amitié........... Ce n'est guères........... avec Mademoiselle !

ROSALIE.

Ce serait beaucoup de la mériter; c'est un sentiment respectable, et qui suffit pour.......

COURVAL (*l'interrompant.*)

Pour un étranger, mais non pas pour un époux.

ROSALIE.

Vous ne l'êtes pas encore; et, quoique vous puissiez espérer, soyez assuré que mon père ne voudra pas que je sois, sans autre motif, le prix d'une bonne nouvelle. Comptez cependant sur ma reconnaissance, pour l'empressement que vous avez mis à nous l'annoncer.

COURVAL.

De la reconnaissance, Mademoiselle ! c'est déjà quelque chose.

AIR du vaudeville de *l'Opéra Comique.*

Le plus fort, le meilleur des nœuds
Fut toujours la reconnaissance;
Celui qui fait le plus d'heureux,
C'est encor la reconnaissance :
Je dois donc croire au vrai bonheur,
Et dès ce jour le mien commence,
Si je puis tenir votre cœur
De la reconnaissance.

ROSALIE.

De mes sentiments, sans détour,
Je connais peu la différence;
Mais, pour vous je n'ai point d'amour,
Et j'ai de la reconnaissance.

COURVAL.

Un autre, ivre de vos attraits,
En secret a la préférence ?

ROSALIE (*avec beaucoup de pudeur, faisant la révérence à Courval, et se retirant.*)

Soyez assuré pour jamais
De ma reconnaissance.

COURVAL (*la retenant.*)

Avez-vous lu des romans ?

ROSALIE.

Non, Monsieur.

COURVAL.

Tant pis ! vous sauriez que beaucoup de héros de romans n'ont dû leurs succès auprès de leurs belles, qu'à cette première impression d'un bon cœur, qu'on appelle reconnaissance. Ainsi, charmante Rosalie......

FRANCHET PÈRE (*le prend par le bras et l'emmène.*)

Allons ! allons ! venez avec moi au bord de la mer : le vent est sud-ouest ; les vigies ont vu de loin deux voiles, qui se dirigeaient sur notre port : peut être apprendrons-nous encore quelque chose.

COURVAL (*à Rosalie.*)

Pardon, Mademoiselle, vous le voyez, je suis entraîné.

FRANCHET PÈRE (*l'emmenant.*)

J'ai idée que c'est aujourd'hui la journée des nouvelles.

Scene cinquieme.

ROSALIE *seule.*

Actuellement que je suis seule, tâchons de connaître la situation de mon cœur; il est affligé, et, dans ses chagrins, n'est guères consolé par l'espérance.

Air nouveau. (*Note n.*° 3, *à la fin de cette brochure.*)

Lorsque je consulte mon âme
Sur ses plus secrets mouvements, (*Bis.*)
Je juge au trouble de mes sens
Qu'un sentiment nouveau (m'enflamme.)(*Bis.*)

Suis-je auprès de mon père ! j'aime;
J'aime encor auprès de Prudent; (*Bis.*)
Mais je le distingue aisément,
La tendresse n'est pas (la même) (*Bis.*)

Elle est si douce la première !
Et l'autre agite tant mon cœur ! (*Bis.*)
Dois-je espérer plus de bonheur,
Si je préfère (la dernière ?) (*Bis.*)

Scene sixieme.

ROSALIE, NOVELMANN.

ROSALIE.

Ah! voilà monsieur Novelmann ; je m'en fuis.

NOVELMANN (*l'arrêtant.*)

Vous me fuyez, Mademoiselle, j'ai pourtant une bonne nouvelle à vous dire.

ROSALIE.

(*A part.*) Il ne rêve que nouvelles : j'ai bien besoin de sa politique. (*A Novelmann*). Monsieur, veuillez l'apprendre à mon père, je vais vous l'envoyer. (*Elle sort.*)

Scene septieme.

NOVELMANN *seul.*

Voilà une Demoiselle qui n'aime pas prodigieusement les nouvelles! Elle ignore l'intérêt qu'elle doit prendre à la mienne, et celui que j'y prends moi-même.

AIR : *C'est ce qui me console.*

Quand je vois mon coffret plein d'or,
Je baise cent fois mon trésor,
C'est ce qui me console; (*Bis.*)
En cet état il me plaît bien,
Mais il ne me rapporte rien;
C'est ce qui me désole. (*Bis.*

Envers le pauvre être obligéant,
En amassant beaucoup d'argent,
C'est ce qui me console; (*Bis.*)
Mais, perdre, en suspendant ses prets
Faute d'argent, ses intérêts,
C'est ce qui me désole. (*Bis.*)

La dot! la dot! Il me faudrait la dot!

Scene huitieme.

FRANCHET PÈRE, NOVELMANN.

FRANCHET PÈRE.

Ah! Monsieur, pardonnez, si je vous ai fait attendre. J'étais au bord de la mer, à voir s'il n'arrive pas quelque navire; mais le vent s'est un peu calmé, et les deux voiles qu'on apperçoit approchent lentement.

NOVELMANN.

Monsieur, j'ai une excellente nouvelle à....

FRANCHET PÈRE (*l'interrompant.*)

Eh! bien, Monsieur, dites donc vîte; est-ce de nos armées?

NOVELMANN.

Non pas. Je veux vous laisser le plaisir de la deviner.

FRANCHET PÈRE (*s'impatientant.*)

Pour l'amour de Dieu, parlez, et ne me faites pas attendre.

NOVELMANN.

Plus vous aurez attendu, plus vous aurez de plaisir après. Comment! à mon air gai, vif et leste, vous ne voyez pas que c'est l'*heureuse nouvelle* qui.....

FRANCHET PÈRE (*l'interrompant brusquement.*)

Quoi! vous avez des nouvelles de mon corsaire?

NOVELMANN.

Non, Monsieur, non Monsieur, non..... Mais vous m'interrompez toujours! Vous me coupez la parole: vous êtes si vif!

FRANCHET PÈRE.

Et vous, vous êtes si lent, vous me faites sécher sur pieds.

NOVELMANN.

Air des folies d'Espagne. (Andante.)

Je vous croyais un peu plus philosophe,
A vous fâcher vous êtes trop hâtif;
Je n'aime point qu'ainsi l'on m'apostrophe
Au beau milieu de mon récitatif.

Auprès de vous le meilleur tachigraphe
Ne serait pas assez expéditif;
Vous êtes prompt comme le télégraphe,
Pour m'écouter soyez plus quiétif.

(*Pendant que Novelmann chante ces couplets, Franchet témoigne beaucoup d'impatience; mais Novelmann ne change point de caractère.*)

FRANCHET PÈRE (*toujours avec impatience.*)

Je suis donc *quiétif*; parlez.

NOVELMANN.

Je dis l'heureuse nouvelle qui doit me valoir la main de mademoiselle Rosalie.

FRANCHET PÈRE (*toujours avec impatience.*)

Mais parlez donc?

NOVELMANN.

Il y a là bas un matelot qui arrive de Morlaix à franc étrier. Il est porteur d'une lettre qu'il dit être de Monsieur votre fils Stanislas.... celui qui est prisonnier à la Jamaïque.

FRANCHET PÈRE.

C'est donc ce matelot qui doit épouser ma fille?

NOVELMANN.

Non, Monsieur, c'est moi.

FRANCHET PÈRE (*avec vivacité.*)

Mais où est-il donc ce matelot?

NOVELMANN.

Je l'ai fait attendre exprès, afin de vous apprendre moi-même l'heureuse nouvelle qui......

FRANCHET PÈRE (*l'interrompant.*)

Jour de Dieu! faites-le donc entrer, ou bien, je vais l'aller chercher.

(*Comme Novelmann veut sortir pour aller chercher le matelot, ce dernier entre et l'accoste en courant. Novelmann le fait approcher de Franchet père, à qui le matelot remet une lettre.*)

FRANCHET PÈRE (*en lisant la lettre.*)

Ah! ah! mon fils arrive dans deux jours; il a obtenu son échange. Mais il a été un peu malade; et il reste quarante-huit heures à Morlaix pour se reposer. (*Il met la lettre dans sa poche, et donne sa bourse au matelot*) : Tiens, voilà pour tes frais de voyage.

(*Le matelot ouvre la bourse, paraît content, salue Franchet et sort.*)

NOVELMANN.

Songez, Monsieur, que c'est moi qui vous ai apporté cette nouvelle.

FRANCHET PERE (*brusquement.*)

Oui, oui, c'est bon; j'y songerai.

NOVELMANN (*s'en allant lentement, à part et à demi-voix.*)

Je vois bien que je n'épouserai pas la jeune personne; .... C'est dommage; ses trente mille francs de dot auraient bien renflé ma caisse.

FRANCHET PÈRE (*le suivant des yeux.*)

Va, si tu les attends pour prêter davantage à la petite semaine, tu ne suceras pas le sang d'un plus grand nombre de malheureux.

AIR: *Nous sommes précepteurs d'amour.*

Pour prêter, et grossir ton bien,
Tu mettrais en gage ma fille;
Ce n'est pas par un tel moyen,
Que doit s'augmenter ma famille.

Scene neuvieme.

ROSALIE (*accourant avec gaîté*), FRANCHET PÈRE.

ROSALIE (*tout essouflée.*)

Mon père, mon père...... Si vous saviez...... Il vient d'arriver....... Je l'ai vu........ Un canot,....

Ah! comme j'ai couru........ de ces deux navires qu'on appercevait........ Je suis d'une joie !.......

FRANCHET PÈRE.

Eh bien ! finiras-tu ? Comme te voilà troublée ! pour être si joyeuse. As-tu aussi une nouvelle à me dire ? Il y avait un temps infini que je n'en recevais aucune, et aujourd'hui il m'en pleut de tous les côtés.

(*Varlet entre.*)

Scene dixieme.

ROSALIE, FRANCHET PÈRE, VARLET.

ROSALIE.

Connaissez-vous cet Officier ?

FRANCHET PÈRE.

Hé ! c'est Varlet ; le second de mon corsaire. Viens-tu m'annoncer quelque prise ?

VARLET.

Oui, Monsieur, et l'arrivée de votre fils.

FRANCHET PÈRE (*l'embrassant deux fois.*)

J'ai embrassé Courval une fois, pour m'avoir appris que mon Prosper est lieutenant et chevalier ; il faut que je t'embrasse deux fois, puisque tu m'apportes deux bonnes nouvelles. (*Après l'avoir embrassé.*) Mon fils se porte-t-il bien ?

VARLET.

Oui, Monsieur; il a été blessé à l'épaule, mais il est guéri.

FRANCHET PÈRE.

Et lui aussi.....! Si mes trois enfants arrivaient ici tous à la fois, ma maison aurait l'air d'un hôpital. Qu'a-t-il donc attrapé, ce cher capitaine?

VARLET.

Le bâtiment que nous venons d'introduire était armé en guerre et marchandises; nous l'avons pris à l'abordage.

FRANCHET PÈRE.

Où celà?

VARLET.

Vers les Açores.

FRANCHET PÈRE.

Vous avez été bienheureux de l'amener jusqu'ici.

VARLET.

Aussi Franchet a-t-il voulu convoyer sa prise lui-même....... Mais ces diables d'Anglais se sont si bien défendus, que c'est avec beaucoup de peine que nous leur avons fait baisser pavillon.

FRANCHET PÈRE.

Avons-nous perdu beaucoup de monde ?

VARLET (*tristement.*)

Cinq matelots, deux volontaires et le maître d'équipage.

FRANCHET PÈRE.

Les malheureux!..... Si la prise est bonne, je veux dédommager leur famille.

VARLET.

Mais, elle est assez riche : d'après le manifeste du chargement, elle devrait bien valoir quinze cent mille francs; le voici. (*Il le remet.*)

FRANCHET PÈRE (*lisant d'un air satisfait.*)

Oui, cela pouvait bien être, il y a quelque temps.

ROSALIE.

Et combien de blessés?

VARLET.

Mademoiselle, nous en avons dix; mais, graces aux soins qu'on leur prodigue, nous avons l'espoir de les sauver tous.

ROSALIE.

Il paraît que vous avez eu le bonheur de n'être pas blessé vous même ?

VARLET.

Pas dans cette affaire...... Mais, vous le savez; je le suis depuis long-temps par vous-même; et ma blessure redouble encore en vous voyant.

ROSALIE.

Il est toujours fort heureux que vous ne l'ayez pas été comme mon frère.

VARLET.

Sans doute, mais

AIR : *Bouton de Rose.*

D'une blessure
Dont le prix est un tel succès,
On souffre peu, je vous le jure:
Qu'est-ce pour des guerriers Français
Qu'une blessure !

Par une rose
Je fus blessé bien autrement:
Près d'elle encore je m'expose;
Mais je puis guérir aisément
Par cette rose.

FRANCHET PÈRE.

Il est galant ! c'est un brave garçon !..... Voilà mon fils aîné de retour; il dira tout ce qu'il voudra, mais je ne veux plus qu'il navigue.

ROSALIE.

Ah ! tant mieux !

FRANCHET PERE.

Je l'associe à ma maison de commerce. Et toi, mon cher Varlet, je te donne mon bâtiment à commander ; nous verrons ce que nous en pourrons faire.

VARLET.

Vous me comblez de bontés, Monsieur. C'est vous qui m'avez élevé : je vous dois ce que je suis ; et vous voulez que je vous doive encore ma fortune. Mais je voudrais bien vous devoir aussi mon bonheur. (*Regardant Rosalie*). Vous connaissez ma famille, et mes espérances ?

ROSALIE.

Un état et votre fortune ; et vous n'appellez pas cela le bonheur ?

VARLET.

Non, aimable Rosalie, ce n'en est qu'une partie ; ce serait à vous de compléter l'autre.

AIR : *Au point du jour.*

De mon bonheur,
Fortuné père, ah ! terminez l'ouvrage ;
Votre Rosalie a mon cœur :
Permettez qu'un aveu flatteur
Devienne le pudique gage
De mon bonheur.

De mon bonheur
Décidez donc, mon amour est extrême ;
Si j'en crois sa belle rougeur,
Votre tendresse et mon ardeur,
Bientôt vous jouirez vous-même
De mon bonheur.

FRANCHET PERE.

Ma fille, voilà une excellente nouvelle ! je ne sais pas trop comment tu te tireras de là, et qui pourra m'en apporter une meilleure ?

Sceue ouzieme.

PRUDENT FILS (*accourant*), ROSALIE, FRANCHET PÈRE, VARLET.

PRUDENT FILS.

C'est moi qui vous l'apporte.

FRANCHET PÈRE et ROSALIE.

Quelle est donc cette nouvelle ?

PRUDENT FILS.

Mon père, dont j'étais si inquiet, savez vous où il était allé ?

ROSALIE.

Non.

FRANCHET PÈRE.

Finiras-tu ?

PRUDENT FILS.

A Paris.

FRANCHET PÈRE.

Quoi faire ?

PRUDENT FILS.

Il sait combien j'aime la charmante Rosalie : il a jugé qu'elle m'aimait aussi.........

ROSALIE.

Qui a pu le lui faire croire ?

PRUDENT FILS.

Il s'y connaît apparemment....... mieux que moi; puisque je n'avais qu'à peine de l'espoir, et qu'il se croyait de la certitude.

AIR : *D'un époux chéri la tendresse.* (d'Adolphe et Clara.)

Avec sentiment.
Vous plaire est toute mon étude;
Comme lui que ne puis-je voir !
Je n'en ai qu'un bien faible espoir,
Et j'en aurais la certitude;
Une pareille vérité
Ferait le bonheur de ma vie;

En souriant et avec finesse.
Plaignez moi si j'en ai douté, (*Bis.*)
Et grondez-moi, si je l'oublie. (*Bis.*)

FRANCHET PÈRE.

Il a raison; la galerie voit toujours mieux les coups que les joueurs. (*Vivement*) : Mais, au fait, ton père, qu'a-t-il appris?

PRUDENT FILS.

Vous aimer, vous plaire et vous convenir; voilà ce qu'il a cru voir en moi.

FRANCHET PÈRE.

Comment! lui convenir!

PRUDENT FILS. (*avec modestie.*)

C'est ainsi que pensait mon père, et il parviendra sans doute à vous le persuader. Il voulait ajouter, à ces trois avantages, celui de vous apporter la meilleure nouvelle......

FRANCHET PERE.

Nous y voilà enfin !

PRUDENT FILS (*avec embarras.*)

Puisque c'était votre condition, il arrive de Paris à franc étrier.

FRANCHET PERE.

A son âge ?

PRUDENT FILS.

Le bonheur public et celui de son fils semblent le rajeûnir. Il vient vous annoncer.....

TOUS LES AUTRES ACTEURS.

Quoi ?

PRUDENT FILS.

La paix générale.

TOUS LES AUTRES ACTEURS.

La paix générale !

VARLET.

Même avec l'Angleterre ?

PRUDENT FILS.

Avec toutes les puissances. L'Empereur de Russie et ses augustes alliés ne sont venus en France que pour rendre à l'Europe, une paix solide et durable. Paris est dans l'ivresse de la joie!...... On entend par-tout des chansons populaires en l'honneur d'Alexandre ; on l'y compare à Alexandre-le-Grand. Les historiens ont assez loué le conquérant, nos poëtes vont chanter le pacificateur. Lord Castlereagh a dit lui-même à ce sujet : « L'empereur Alexandre « a pris sur nous l'initiative ; mais les anglais ne « demeureront pas en reste : toutes les nations de « l'Europe se sont assez prouvé leur bravoure, il est « temps qu'elles ne combattent plus que de modé- « ration et de générosité. »

VARLET.

C'est le vœu de notre nation, et l'intérêt de toutes.

(Chacun des personnages doit peindre son attention suivant son caractère.)

PRUDENT FILS.

Monsieur, ci-devant comte d'Artois, est arrivé à Paris, ainsi que son second fils le duc de Berry : le duc d'Angoulême, son auguste épouse, fille de Louis XVI, et Louis XVIII lui-même ne tarderont pas à y arriver. Le Roi trouvera tout le monde disposé d'avance en sa faveur. Déjà tous les cœurs volent au-devant de lui : partout les cris de vive le Roi, et les toasts à Louis XVIII, auront bien des fois précédé son retour.

VARLET.

C'est bien là le caractère national.

Air nouveau. (Noté n.° 4, à la fin de cette brochure.)

A cette subite alégresse
On reconnaît bien les Français.
La morosité, la tristesse,
Ce sont des rêves qu'ils ont faits.

En France il est assez notoire,
Et nul jamais n'en a douté,
Que les produits du territoire
Sont le bon vin et la gaîté.

FRANCHET PÈRE.

Comme la France a changé en peu de jours ! cela tient du prodige.

ROSALIE.

Que de graces nous avons à rendre à la Providence.

PRUDENT FILS.

Et le croiriez-vous, les anglais sont aussi joyeux que nous ; les rues de Londres retentissent des cris de vive la paix ! vive la France !

VARLET.

C'est tout naturel.

AIR : *Femme sensible.*

Le monde n'est qu'une famille immense ;
Si la discorde y règne quelquefois,
Un jour son feu s'éteint sans qu'on y pense ;
Et la nature y dicte encor ses lois.

A son empire on est en vain rebelle ;
Et deux voisins dès long-temps désunis,
Toujours après la plus vive querelle
Sentent enfin le besoin d'être amis.

PRUDENT FILS.

Il y a tant de rapport entre les deux peuples pour l'aptitude aux arts, aux sciences et à l'industrie : la jalousie, dépouillée de ce qu'elle a d'odieux, et soumise au creuzet de la raison et du sentiment, n'est plus qu'une auguste rivalité.

VARLET.

Voilà 25 ans que nous sommes en guerre ; et l'on est si las de se battre, on est de part et d'autre si fatigué de gloire et de conquêtes, que, désabusé de la folie de l'ambition, chaque peuple regarde autour de soi étonné d'y trouver le bonheur.

FRANCHET PÈRE.

Nos prisonniers de terre et de mer vont nous arriver en foule : c'est à ceux qui nous restent à nous dédommager de ceux que nous avons perdus.

AIR : *Du partage de la richesse.*

Nous allons voir nos militaires
Venir embrasser leurs parents,
Et nos fillettes débonnaires
Croire sans risque à leurs serments ;
Enfin laissant là nos corsaires,
Et nos canons, et nos fusils,
Rayer de nos dictionnaires
Le mot odieux d'ennemis.

Scene douzieme.

PRUDENT FILS, ROSALIE, FRANCHET PÈRE, VARLET, NOVELMANN, COURVAL.

COURVAL et NOVELMANN (*accourant; ce dernier d'un air comique.*)

La paix! la paix!

NOVELMANN (*chantant avec lenteur ce vers de Richard Cœur-de-Lion.*)

La paix! la paix! mes bons amis.

FRANCHET PÈRE (*l'interrompant.*)

Croyez-vous être le premier à nous l'apprendre.

NOVELMANN.

J'ai du malheur! mais c'est égal.

Air des Pélerins de Saint-Jacques. (*Note n.° 5, à la fin de cette brochure.*)

Je vais augmenter mes affaires,
Et mon argent;
J'augmente aussi mes locataires
De cent pour cent.
Enfin.......

FRANCHET PÈRE (*avec vivacité.*)

Enfin...... Te tairas-tu, maudit usurier!

NOVELMANN.

Dame! je célèbre la paix!

FRANCHET PÈRE.

Oui, à ta manière!

NOVELMANN.

Est-ce que vous ne connaissez pas le proverbe.

COURVAL.

Oui, le proverbe des égoïstes : « chacun pour soi. » Encore chantez-vous la paix sur un air de *Libera*.

NOVELMANN.

Je suis d'un caractère raisonnable, moi! je n'aime pas les airs gais.

COURVAL.

Il faut fêter la paix, parce qu'elle va faire le bonheur de l'humanité toute entière.

Air nouveau. (*Noté n.° 6, à la fin de cette brochure.*)

Enfin nous voyons cesser la guerre;
Et Bellone, éteignant son flambeau,
Laisse Phébus donner à la terre
Des rayons plus doux, un jour plus beau;
En vain encor l'air en tonne,
De Mars la trompette sonne
Pour fermer les portes du tombeau. (*Bis.*)

NOVELMANN.

Est-ce que je connais Mars et Phébus ? Passe encore pour Plutus.

VARLET.

Nous espérions la paix depuis long-temps ; enfin la voilà.

Air nouveau. (*Noté n.° 6, à la fin de cette brochure.*)

De l'illusion de l'espérance,
Nous arrivons à la verité ;
Sur la route fut la jouissance,
A son terme est la félicité :
Louis ! Toi qui nous la donnes,
Reçois pour prix nos couronnes,
Nos vœux et notre fidélité. (*Bis.*)

PRUDENT FILS.

Ce sont pourtant les Bordelais, qui, les premiers, ont goûté les douceurs de la paix, en recevant le duc d'Angoulême dans leurs murs.

AIR : *Gusman ne connaît plus d'obstacle* (du Pied de Mouton.)

Sous le poids d'une lourde chaîne
La France entière gémissait ;
Et, la première, l'Aquitaine
Hardiment s'en débarrassait :
De la Bourgogne à l'Austrasie
Chacun bientôt brise ses fers :
Toujours la voix de la patrie
S'entend au bout de l'univers !

FRANCHET PÈRE.

Air du vaudeville du Petit Matelot.

On entend au dehors des acclamations de vive le Roi et des cris de joie.

Déjà comme la joie éclate!
Dejà l'on n'entend que des chants.

PRUDENT FILS.

La nation n'est pas ingrate
Écoutez ces cris si touchants

COURVAL.

Ces mots que partout on va dire
Règnent les Bourbons à jamais!

ROSALIE.

Ces mots que partout on va lire:
Vive Louis! vive la paix!

VARLET.

Vive le roi, sans doute, mille fois vive le roi! mais.......

AIR: *Chacun avec moi l'avoûra.*

Que de son frère et ses enfants
Le Ciel protège aussi la vie,
Qu'il la prolonge à nos parents,
A ton amant à son amie;
Et que, favorable à nos vœux,
Par une bonté sans seconde
Puisqu'il veut tous nous rendre heureux,
Qu'il la prolonge à tout le monde.

FRANCHET PÈRE (*avec enthousiasme.*)

J'ai embrassé Courval une fois, pour sa nouvelle; et Varlet deux fois, pour la sienne; toi, mon cher

Prudent, il faut que je t'embrasse trois fois (*Il l'embrasse trois fois.*)

VARLET.

En franc-maçon?

FRANCHET PÈRE (*vivement.*)

En français, en ami et en père. Je te donne ma fille; tu seras payé pour tout le monde. (*Regardant Courval, Varlet et Novelmann.*)

PRUDENT FILS.

Mademoiselle, j'ai l'aveu de votre père, je connais sa pensée; refuserez-vous de me dire aussi la vôtre?

ROSALIE (*souriant.*)

Je vous la dirai quand nous serons mariés.

PRUDENT FILS (*la pressant de s'expliquer.*)

Ma chère Rosalie.......

ROSALIE.

AIR: *C'est un enfant.* (Du Devin du Village.)

Ne contraignez pas Rosalie
A dévoiler ses sentiments;
Devinez plutôt, je vous prie,
Ce qu'elle éprouve en ces moments:
Ah! je ne sais guère
Ce que je dois faire;
Et, pour moi, ce qu'amour permet
C'est un secret. (*Bis.*)

PRUDENT FILS.

Messieurs, si j'avais assez de filles à marier, vous en auriez chacun une; mais consolez vous, si vous n'êtes pas mes gendres, vous n'en serez pas moins mes amis ; je vous invite à la noce.

Scene treizieme.

PRUDENT FILS, ROSALIE, FRANCHET PÈRE, FRANCHET FILS, VARLET, NOVELMANN, COURVAL.

FRANCHET FILS (*se montrant subitement.*)

Parbleu ! et moi aussi mon père ; j'arrive à temps pour m'en prier.

FRANCHET PÈRE (*l'embrassant.*)

Te voilà, toi?...... et ton épaule.

FRANCHET FILS (*embrassant sa sœur.*)

Bonjour, ma sœur..... Ce n'est rien, je n'y ai plus qu'une légère douleur.

FRANCHET PÈRE.

J'ai des nouvelles de tes frères !

FRANCHET FILS.

Sont-elles bonnes au moins !

FRANCHET PÈRE.

Oui, mon ami. Prosper est lieutenant et chevalier pour s'être distingué par une action d'éclat;

Stanislas a eu son échange; il est à Morlaix, et arrive après demain.

FRANCHET FILS.

Que de bonheur à-la-fois!... Mille bombes! qu'est-ce donc que tout ce tintamarre que j'entends? les cloches, le canon...... Y a-t-il quelque alarme à la côte? Courons!.....

FRANCHET PÈRE (*le retenant.*)

Sois tranquille, il n'y a point d'alarmes, contes-nous ton combat.

FRANCHET FILS.

Moi craindre! Écoutez et jugez si je suis homme à avoir peur.

AIR: *Mon père était pot.*

Je naviguais avec bon vent,
Sur les côtes d'Irlande,
Et je voyais de loin souvent
Quelque voile marchande:
Une approche, alors,
Toutes voiles hors,
Je cours la croyant bonne;
Navire mauvais!
Je le lâche, mais
Pourtant je le rançonne.

NOVELMANN.

Rançonner! il n'y a pas de mal à cela.

FRANCHET FILS.

AIR : *Des trembleurs.*

La croisière recommence,
Aux Açores je m'avance,
Un de plus faible importance
Est par nous pris et coulé:
Vient un très-fort, c'est le *Tage* !
Je parle et mon équipage
Se prépare à l'abordage;
Et le *Tage* est accolé. (*Bis.*)

AIR : *De la Pipe de Tabac.*

Chacun de nous par sa bravoure
Veut rivaliser les Anglais;
Vingt son blessés...... Qu'on les secoure;
Ce plaisir vaut tous nos succès ! (*Bis.*)
Bientôt l'ennemi perd courage,
Il est trop faible désormais;
Alors Varlet à bord du *Tage*
Hisse le pavillon Français. (*Bis.*)

AIR : *Adieu vergue, artimon, huniers.*

Soixante ennemis prisonniers
Pour un corsaire quelle gloire !
Richesses, plaisirs et lauriers,
Voilà le prix de la victoire.

FRANCHET PÈRE.

Tes prisonniers arrivent tout-à-propos pour trinquer avec nous.

(*Rosalie sort un instant, et rentre presque aussitôt.*)

FRANCHET FILS.

Encore une fois, quel est donc tout ce bacchanal?

NOVELMANN.

Capitaine, vous ne savez donc pas la nouvelle?

FRANCHET FILS.

Parbleu, je mets pied à terre ; comment voulez-vous que je sache ce qui s'y passe ?

NOVELMANN (*s'avançant lentement.*)

Eh! bien, je vais vous la compter ; vous saurez donc.....

FRANCHET PÈRE (*le repoussant en l'interrompant.*)

Je vous en dispense, vous êtes trop lent; vous me fériez bouillir le sang dans les veines. (*A Franchet fils*) : la paix générale.

FRANCHET FILS.

Ventrebleu ! nous allons donc retourner aux colonies.

ROSALIE.

Est-ce que tu jures encore, mon frère ? Tu vas t'en déshabituer ; car tu n'iras plus en mer.

FRANCHET FILS.

Comment?

ROSALIE.

Mon père nous l'a promis.

Scene quatorzieme et d.re

PRUDENT FILS, ROSALIE, PRUDENT PÈRE, FRANCHET PÈRE, FRANCHET FILS, VARLET, NOVELMANN, COURVAL.

PRUDENT PÈRE (*arrivant.*)

Mon ami, c'est moi qui ai apporté la nouvelle ; ce doit être assurément la meilleure ?

TOUS LES AUTRES ACTEURS.

Sans doute.

PRUDENT PÈRE.

C'est donc moi qui dois épouser ta fille.

FRANCHET PÈRE.

Es-tu fou ?

PRUDENT PÈRE.

Non, parbleu ! je te rappelle ta promesse, ta parole......

FRANCHET PÈRE.

Je viens de la donner à ton fils.

PRUDENT PÈRE.

Tant pis pour monsieur mon fils ! il est beaucoup plus jeune que moi. (*Il s'approche de Rosalie.*)

FRANCHET PÈRE.

Cela doit être.

PRUDENT PÈRE.

Il a donc davantage le temps d'attendre.

(*Il veut prendre la main de Rosalie, qui la retire. Prudent fils qui, jusques là, avait souri à ce que disait son père, commence à s'inquiéter.*)

FRANCHET PÈRE.

Allons! laisse-là ta plaisanterie, et écoute-moi?

PRUDENT PÈRE.

Non, je ne plaisante pas: je veux me rajeunir. N'y a-t-il pas des hommes de mon âge qui ont des maitresses? Moi, j'aime mieux avoir une petite femme, bien jeune et bien jolie. (*Il veut faire des caresses à Rosalie, qui les reçoit avec humeur.*) Je me fais couper les cheveux à la Titus; je les fais friser à petits crochets; je me fais faire un pantalon à la matelote, et un habit qui ne descend que jusqu'à la moitié des cuisses; j'achète un chapeau à très-petits bords, et (*imitant les airs des merveilleux du jour*) me voilà dans le genre.

FRANCHET PÈRE.

Bah! bah! vive le genre et les habits d'autrefois!

PRUDENT PÈRE.

AIR: *Des portraits à la mode.*

Être au spectacle attentif et sensé,
Près du beau sexe, ardent, tendre, empressé,

Dans ses habits élégamment pincé ;
Voilà le temps que tu regrettes :
L'habit en sac est ce jour du grand ton,
Le vieux est fou, le jeune est un Caton ;
Le vieux est droit et marche sans bâton ;
Le jeune porte des lunettes.

(*Il fait à Franchet père un signe d'intelligence.*) Oui, monsieur Franchet, je vous somme de me donner votre fille : la parole d'un négociant vaut les écrits d'un autre homme.

FRANCHET PÈRE (*avec un air de contrainte.*)

C'est juste ; tu me prends par mon côté sensible : c'est à toi qu'elle doit appartenir.

FRANCHET FILS et ROSALIE (*à leur père.*)

Comment, mon père ?....

FRANCHET PÈRE (*à Prudent père.*)

Je te donne Rosalie ; et que ton fils s'arrange ! Mais à condition que tu l'épouseras dans trois jours, le lendemain de l'arrivée de Stanislas.

PRUDENT PÈRE (*lui donnant la main.*)

J'accepte.

PRUDENT FILS (*vivement.*)

Vous acceptez ?

PRUDENT PÈRE.

(*A son fils*). Oui, Monsieur. (*A Franchet père.*) Mais c'est un effet auquel sera certainement fait honneur à l'échéance : je le négocie à l'ordre de mon fils. (*Il met la main de Rosalie dans celle de son fils.*)

PRUDENT FILS.

Ma chère Rosalie.

PRUDENT PÈRE.

Vous avez eu peur, Rosalie ! je vous en remercie pour mon fils. (*A Franchet père.*) Ah ! ça, mon ami, ta maison est assez grande pour nous loger tous. (*A son fils*). Mon cher Prudent, je n'ai que toi d'enfant, je suis assez riche pour nous deux, ne quitte pas ton vieux père, nous trouverons à t'occuper ici. Voilà la paix, c'est le cas de jouir de la vie ; je veux que nous vivions tous en famille. (*Il se place entre son fils et Rosalie.*)

FRANCHET PÈRE.

Tu as raison.

AIR : *Tous les jours au fond de mon cœur.* (De Marianne.)

En famille on a le bonheur
Puisqu'on est près de ce qu'on aime ;
C'est là qu'on retrouve son cœur,
C'est là qu'on jouit de soi-même :
De tant de maux, d'adversités
Quand la vie humaine fourmille,
Poursuivi de tous les côtés,
Qui m'accueillerait ?...... Ma famille. (*Bis.*)

COURVAL.

Mon cher Prudent, pardonnez-moi d'être un peu jaloux de votre félicité : vous m'enlevez me conquête vous avez encore votre père, vous allez devenir père à votre tour ; toute ma gaieté, toute ma philosophie ne me dédommagent point de ces jouissances-là. Je me figurais déjà dans mon ménage, l'époux de votre Rosalie, le père de jolis petits marmots, et alors

AIR : *Tous les jours au fond de mon cœur.*

Un coup imprévu du destin
Vient-il m'accabler de tristesse,
Tu me cèles quelque chagrin
Me dit ma femme avec tendresse :
A son signal, de ses enfants
Près de moi la troupe sautille ;
Dans ces délicieux instants
Qui remplacerait...... ma famille ? (*Bis.*)

PRUDENT FILS.

Chez moi de prétendus amis,
Si je brille, la foule abonde :
« Nous sommes pour jamais unis »
Disent ils partout dans le monde :
Mais ce n'est qu'un sable mouvant
Que le moindre orage éparpille ;
Au moins, après le coup de vent,
Il me reste encor...... ma famille. (*Bis.*)

PRUDENT PÈRE.

Ta famille, parbleu ! c'est bien le principal.... quand on est bien avec elle.

FRANCHET FILS.

Et sur-tout quand il y a long-temps qu'on ne l'a vue..... n'est-ce pas mon père ?

FRANCHET PÈRE (*s'essuyant les yeux.*)

Ah ! oui, mes bons amis..... mais il m'en faut encore deux membres pour être tout-à-fait content.

FRANCHET FILS.

Consolez-vous ; nous les reverrons bientôt.

PRUDENT PÈRE.

Louis XVIII en disait naguères autant des français, qu'à l'exemple du bon Henri, il appelle aussi ses enfants. Ecoutez : mon fils vous a dit ce que je savais ; je vais vous ajouter ce que je viens d'apprendre de quelqu'un qui arrive de Paris, et qui a été beaucoup plus vîte que moi, parce qu'il est beaucoup plus jeune. Louis *le Désiré* (c'est ainsi qu'on l'appelle) est arrivé à Paris, accompagné de la duchesse d'Angoulême, du prince de Condé et du duc de Bourbon.

FRANCHET FILS.

Mille bombes ! pourquoi le roi n'est-il pas venu par Cherbourg ? nous aurions pu espérer de le voir.

PRUDENT PÈRE.

Il a été arrêté sur la route dans toutes les villes de son passage : il ne pouvait s'en arracher : partout les acclamations de la joie la plus vive, les illuminations, les fêtes l'attendaient.

FRANCHET FILS.

Il en verra bien d'autres à Paris. Il finirait par se lasser de tant de témoignages d'amour....si l'on pouvait se lasser du bonheur.

PRUDENT PÈRE.

Il a été reçu à Londres comme il a pu l'être à Paris : le peuple fourmillait dans les rues où il passait avec son cortège ; les fenêtres et jusqu'aux toits des maisons, tout était plein de monde ; tous lesanglais avaient la cocarde blanche au chapeau, et s'écriaient : vivent les Bourbons ! vivent les français qui les rappellent au trône occupé par eux depuis tant de siècles ! vive la paix, après vingt-cinq ans de guerre !.....

FRANCHET FILS.

Ma foi, des navires marchands valent encore mieux que des corsaires.

PRUDENT PÈRE

La statue de Henri IV est rétablie sur le Pont-Neuf. Lord Wellington est arrivé à Paris. Il règne entre tous les souverains une cordialité dont il n'y a pas d'exemple dans l'histoire. Tout enfin annonce une réconciliation si franche, qu'il n'est pas possible de s'y méprendre ; et si les souverains étrangers sont heureux, jugez de la félicité du nôtre.

FRANCHET FILS.

Elle est liée à la félicité publique.

Air : *Tous les jours au fond de mon cœur.*

Vingt ans privé de tes français,
Vingt ans privé de ta patrie,
Quand tu reviens avec la paix,
Louis, tu renais à la vie;
L'ouvrier reprend ses outils,
Et le laboureur sa faucille;
Ils ne froncent plus les sourcils
En voyant grandir...... leur famille.

FRANCHET PÈRE.

Mes amis, ne pensons plus qu'à nous réjouir. Allons célébrer à table la gloire de mon officier, la délivrance de mes deux prisonniers, le retour de mon capitaine, l'arrivée d'une bonne prise, et la paix générale.

FRANCHET FILS.

Et le mariage de ma sœur!

FRANCHET PÈRE.

Tu as raison..... Comme ils vont être joyeux, ces chers enfants, de revoir leur patrie!

Air : *C'est la triste monotonie.* (De la Caravane du Caire.)

Oui, c'est l'amour de la patrie
Qui du cœur soutient les desirs,
Par tous les maux l'ame flétrie
En lui trouve encor des plaisirs.
Le captif, en terre étrangère,
Voit sa patrie en sommeillant:
Elle est sans cesse sa chimère,
Il la célèbre en s'éveillant.

FRANCHET FILS.

Comme vous chantez, papa, pour un homme de votre âge!..... Vous avez cependant anticipé sur les plaisirs de la table; car vous auriez dû réserver ce morceau pour dessert.

FRANCHET PÈRE.

Que veux-tu, mon ami, c'est un élan du cœur.... Mais je ne comptais pas sur tant de convives : comment donner à dîner à tout ce monde-là?

ROSALIE.

Soyez tranquille, mon père, tout est prévu.

PRUDENT FILS.

Tout est prévu! voilà donc enfin un bon aveu.

PRUDENT PÈRE.

Une bonne femme de ménage.

FRANCHET PÈRE.

Et une bonne nouvelle.

VAUDEVILLE

Sur l'air du Vaudeville de Florian.

FRANCHET PERE.

Je mets le comble à vos desirs;
Pressez-vous, mon fils et ma fille,
Pour multiplier mes plaisirs,
De multiplier ma famille:
Tous les ans qu'un marmot joyeux,
Fruit de la paix, me la rappelle;
Qu'il me semble, en voyant ses yeux,
Y lire la *bonne nouvelle.*

PRUDENT FILS.

L'espoir et l'amour sont d'accord
Pour embellir notre existence;
Ils adoucissent notre sort,
Nous consolent dans l'indigence.

FRANCHET PERE (*avec un air de confidence.*)

Le temps passe, l'amour le suit,
Fuyant tous deux à tire d'aile:

PRUDENT FILS (*de même.*)

L'espoir reste, et tout bas nous dit
Toujours quelque *bonne nouvelle.*

NOVELMANN.

Malgré ma nouvelle, monsieur
N'a pas voulu mordre à la grappe;
Je l'avais volée au porteur,
Je suis puni, la dot m'échappe.

PRUDENT PERE.

Cher Novelmann, consolez-vous,
Quelque malheureux vous appelle:
Vous le plumerez; et, pour vous,
C'est toujours la *bonne nouvelle.*

VARLET.

J'étais bien porteur en un jour
De deux nouvelles aulieu d'une;
On n'a pas toujours de l'amour
Ce que l'on a de la fortune!
Ils servent à moitié mes vœux:
Si l'un me fuit, l'autre m'appelle;
Mais la France obtient tout des deux,
Louis et la *bonne nouvelle.*

COURVAL (*à Varlet.*)

Et moi, suis-je donc plus heureux!
On m'avait promis Rosalie:
Combien l'amitié fait de nœuds,
Que l'amour ensuite délie!
Qu'importe! conquérir un cœur,
Pour moi c'est une bagatelle;
On peut bien par quelque malheur
Acheter la *bonne nouvelle.*

FRANCHET FILS.

Comme deux jeunes tourtereaux
Soyez long-temps unis ensemble;
Vous serez des époux nouveaux,
Et qu'un miracle heureux assemble:
Car, de l'hymen garder la foi,
Avoir d'une épouse fidelle
Des enfants qui soient bien à soi,
C'est toujours la *bonne nouvelle.*

ROSALIE (*au public.*)

Quand, aujourd'hui dans la cité,
Lorsque partout dans le royaume
Chacun se livre à la gaîté
De la fête qu'ici l'on chôme,
Puisque c'est celle de la paix,
Pour vous l'occasion est belle
De vous montrer, en bons Français,
Contents de la *Bonne Nouvelle.*

AIRS NOTÉS.

N.° 1, scène 1.re, pages 5 et 6.

Air : C'est un moment.

A mon dé - sir ne puis - je sa - tis -

fai - re ; Il est bien pur, ce - pendant ce dé -

sir. Votre bonheur serait ma seule af -

faire Le sien se - rait mon u - ni - que plai -

sir ; Comment peut donc s'opposer vo - - tre

pè - re, A mon désir, A mon désir ?

N.° 2, scène 3, pages 14 et 15.

Air. Sans dépit, sans légèreté.

N.° 3, scène 5, page 19.

Air de M. Scheyermann.

Lorsque je consulte mon âme Sur ses plus

secrets sentimens, Sur ses plus secrets sen - ti - mens;

Je juge, au trouble de mes sens, Qu'un sentiment nou

veau m'enflâ - me, m'enflâ - - - - - me.

N.° 4, scène 11, pages 34 et 35.

Air de M. Scheyermann.

A cette subite a - lé - gresse, On reconnait bien les Français.. La moro - si - té, la tris-

tes - se, Ce sont des rêves qu'ils ont faits,

Ce sont des rêves qu'ils ont faits. En France il

est assez notoire, Et nul jamais n'en a dou-

té, Que les produits du ter - ri - toi - re,

Sont le bon vin et la gaîté.

N.° 5, scène 12, page 37.

Air des Pèlerins de St-Jacques.

Je vais augmenter mes affai - res Et mon ar-

N.° 6, scène 12, pages 38 et 39.

Air de M. Maugin père.

Enfin nous voyons cesser la guerre, Et Bellone é-

sonne, Pour fermer les portes du tombeau, Pour fer-

mer les portes du tombeau.

www.ingramcontent.com/pod-product-compliance
Ingram Content Group UK Ltd.
Pitfield, Milton Keynes, MK11 3LW, UK
UKHW021152220726
13924UKWH00003B/1119